CONTES
DE BRETAGNE

Jean Markale • Illustrations de Dominique Ehrhard

CONTES DE BRETAGNE

Éditions OUEST-FRANCE

Le Bassin d'or

Autrefois, il y a mille ans ou plus, tous les jeunes gens qui avaient du foin dans leurs galoches, qui revenaient de Rumengol pour retourner au village de Quimerc'h, ne manquaient pas de s'arrêter chez Youenn le Riche.
Comme ils connaissaient bien l'avarice de celui-ci, ils lui offraient toujours un peu de bon tabac pour avoir le droit de voir sa fille, la bonne et charmante Rozenn, et avoir le temps de lui faire les yeux doux. Youenn fumait tranquillement sa pipe, puis, quand il jugeait que l'entretien avait assez duré, il prenait le joli garçon par la main et lui disait :
— Au revoir, l'ami ! Garde tes yeux bleus et tes soupirs. Rozenn est la fiancée du Bassin d'Or. Elle est promise à celui qui lui apportera en dot le beau bassin qui change en or le cuivre et le fer. Il est gardé dans le château de Kervaro, dans la forêt du Kranou. Tu en trouveras facilement le chemin, c'est juste en face !
À ces mots, Youenn plantait là le jeune homme et refermait promptement sa porte. Il y en a qui n'insistaient pas et qui s'en retournaient chez eux, déplorant les exigences du vieil avare.

Mais il y en avait d'autres qui s'en allaient errer dans la forêt et qui ne revenaient pas. D'autres encore allaient consulter quelque sorcier qui les envoyait chercher l'herbe d'or, cette herbe qui permet de se trouver ailleurs. Mais là encore, ils ne revenaient pas, et la jeune Rozenn soupirait tristement, se demandant si elle n'allait pas rester fille.
Un soir, cependant, un jeune paysan du nom d'Alanig, qui était orphelin, qui n'avait pas de biens, mais qui avait une belle figure d'ange, passa devant la maison de Rozenn alors qu'il se rendait en pèlerinage à Rumengol. La jeune fille se trouvait à la petite fenêtre et, toute pensive, elle regardait les nuages passer devant le soleil et les oiseaux voler dans le ciel. Le jeune homme, qui était un peu fatigué par sa marche, s'assit sur la pierre, devant la porte, souhaita le bonsoir à Rozenn et lui demanda des nouvelles de toute la maisonnée. Comme Youenn était absent, les jeunes gens purent bavarder à leur aise et sans témoins. Et c'est ainsi qu'Alanig apprit que s'il voulait épouser Rozenn, il devait s'efforcer de ramener le Bassin d'Or qui se trouvait gardé au château de Kervaro dans la forêt du Kranou. Mais, après lui avoir dit ce qu'il convenait de faire, Rozenn lui lança un anneau qu'elle portait à son doigt.
— Prends cet anneau, lui dit-elle, et garde-le toujours sur toi. Grâce à lui, tu reviendras sûrement de ton voyage.
Alanig ramassa l'anneau et le mit à son petit doigt. Puis, après avoir pris congé de Rozenn, il se dirigea vers la forêt du Kranou. Comme la nuit devenait profonde et très sombre, il s'étendit sur la fougère et attendit le petit jour. À son réveil, il fut bien étonné de voir, perché sur une branche, à peu de distance, un beau ramier bleu qui roucoulait en le regardant. Alanig ne put s'empêcher d'admirer le bel oiseau. Puis il se leva et prit le premier sentier qui s'offrit à ses regards.

Mais alors, le ramier voleta et alla se placer sur un buisson voisin, en battant des ailes avec tant de force que le jeune homme s'arrêta tout surpris. Le ramier se remit à voleter tout doucement devant lui, et Alanig se dit qu'il ferait bien de le suivre.
Tout en marchant, il s'amusait à tailler une branche de houx avec son couteau, de façon à en faire une croix. Bientôt, il aperçut, à travers de grands arbres, les hautes tourelles et le colombier d'un manoir.
— C'est sans doute le château de Kervaro, se dit-il tout bas.
Il quitta l'abri des arbres et s'approcha. Il fut bien effrayé de voir que les murs avaient au moins cent pieds de haut et que les portes, qui brillaient au soleil, paraissaient être de fer et doublées d'argent. De plus, il aperçut, au-dessus du grand portail, un nain noir qui avait un œil au milieu du front et un autre œil derrière la tête, si bien que lorsqu'un œil dormait, l'autre veillait. Le nain, dont la figure était horrible, tenait dans sa main une longue lance. Alanig, surmontant sa crainte, continua cependant d'avancer. Il était encore à quelque deux cents pieds du château, mais, quand il se trouva plus près, la lance du nain se pencha de son côté et s'allongea tellement que c'en était fait de l'imprudent jeune homme s'il n'avait pas tendu en avant son bras armé de la petite croix qu'il venait de sculpter. Frappé de surprise et d'effroi, il recula de quelques pas. Le nain noir n'avait pas bougé, mais le ramier bleu se trouvait là, au sommet d'un arbuste et battait des ailes. Alanig le regarda avec attention : alors le pigeon se mit à roucouler comme s'il voulait signifier au jeune homme qu'il fallait chanter.
C'est du moins ainsi qu'Alanig le comprit et, sans plus tarder, il se mit à chanter. Il commença par plusieurs cantiques qu'il connaissait bien. Le ramier roucoulait encore plus fort et battait des ailes encore plus vigoureusement en se dandinant sur la branche. Alors Alanig entonna l'air de la Cornouaille, qui était une chanson à danser.

Sans doute le nain noir aimait-il la gavotte, car il ne put résister au rythme : il se mit à danser et à se trémousser, à la grande joie d'Alanig qui trouvait très drôle de voir cet être laid et difforme s'agiter au sommet d'un mur. À la troisième gavotte, le nain, qui s'agitait de plus en plus frénétiquement, lâcha sa lance et roula sur le sol jusqu'aux pieds d'Alanig. Celui-ci, de peur que l'autre ne s'en aperçût, continua le bal par un jabadao, si bien qu'au bout d'un certain temps, épuisé de fatigue, le nain s'affala sur le mur en soufflant comme un porc. Alanig chanta alors quelques airs plus doux, puis une complainte bien triste, de telle sorte que le nain s'endormit, faisant entendre des ronflements effroyables. Le jeune homme s'approcha alors du château et s'arrêta devant la porte, se demandant bien ce qu'il allait faire pour pénétrer à l'intérieur. Mais le sommeil du nain était tellement agité qu'il avait l'air de vouloir danser encore : à force de se tourner et de se retourner, il finit par rouler sur le mur et tomba au pied du rempart. Alanig vit avec terreur s'ouvrir un de ses yeux. Alors, sans l'ombre d'une hésitation, sachant bien que ce monstre avait dû tuer bien des jeunes gens comme lui autrefois, il saisit la lance et la lui passa à travers le corps. Le nain poussa un grand cri et s'immobilisa. Quand il se fut assuré que le nain était bien mort, Alanig saisit le trousseau de clefs qui pendait à sa ceinture. Il en choisit la plus grosse et l'introduisit dans la serrure du portail.

Celui-ci s'ouvrit sans difficulté et Alanig se trouva bientôt dans une cour immense, aux pavés mal joints et où poussaient des mauvaises herbes à foison. Mais ce qu'il y avait de plus terrifiant, c'était un dragon, au milieu de la cour, attaché par une chaîne dont les anneaux s'allongeaient de manière à lui permettre d'atteindre les coins les plus reculés de la cour. De plus, ce dragon avait trois têtes et chacune d'elles projetait des flammes par la gueule. De part et d'autre, on voyait des ossements, probablement ceux qui étaient venus là chercher le Bassin d'Or et qui avaient été dévorés par le nain et le dragon. Alanig vit le monstre qui se précipitait vers lui. Pour se défendre, il avait bien la lance du nain, mais celle-ci ne s'allongeait pas dans ses mains, et il savait bien qu'il n'aurait jamais la force de soutenir un tel combat. Il fouilla dans sa poche pour y prendre son couteau, afin de se défendre malgré tout, mais sa main rencontra une galette de blé noir qu'il avait oublié de manger la veille à son souper, tant la conversation avec la belle Rozenn lui avait occupé l'esprit. Sans trop savoir pourquoi, il cassa sa galette en deux morceaux et en jeta la moitié au dragon qui se précipita dessus et se mit à la dévorer en poussant des grognements de satisfaction.

Cela ne manqua pas d'étonner Alanig, mais le fit réfléchir : il se dit que puisque le dragon avait avalé avec tant de plaisir la première moitié de sa galette, il avalerait la seconde sans y regarder davantage.
Il sortit donc de la cour, alla ramasser la lance du nain noir, la cassa de façon à séparer la hampe du fer aigu, prit celui-ci et l'enveloppa dans ce qui restait de la galette, après avoir tracé dessus un signe de croix avec sa bague. Il revint alors dans la cour, puis, montrant au dragon alléché le morceau friand qu'il lui avait préparé, il se rapprocha quelque peu et dit :
— Cher petit dragon, voici encore pour toi !
Le monstre à trois têtes ouvrit sa gueule du milieu, de peur de manquer une proie aussi tentante. Alanig y jeta sans tarder son arme improvisée et le dragon l'avala avec autant de gloutonnerie que la première moitié de la galette. Mais au bout de quelques secondes, les yeux du monstre s'allumèrent, des flots d'écume, de feu et de sang jaillirent avec d'épouvantables sifflements des trois têtes. Le jeune homme, effrayé, se précipita au-dehors et referma le portail pour ne pas être témoin de cette hideuse agonie.
Le vacarme dura longtemps dans la cour de Kervaro, car le monstre avait la vie dure. Le ciel était rempli d'oiseaux de proie attirés par l'odeur de ce carnage inhabituel.
À la fin, les hurlements diminuèrent, s'affaiblirent et disparurent : tout rentra dans le silence.

Mais Alanig hésita encore un long moment avant de s'aventurer à nouveau dans la cour, et il fit un long détour dans l'enceinte remplie d'une fumée épaisse afin d'éviter la carcasse du dragon qui brûlait encore, pareille aux ruines d'une maison après un incendie mal éteint. Il arriva enfin à la porte du manoir où, après avoir soulevé un loquet d'or garni de clous d'argent, il entra dans un vestibule, le plus spacieux qu'il eût jamais vu, et magnifiquement décoré. Au milieu, sur un meuble bas, fait d'un bois précieux, il aperçut le Bassin d'Or. Alanig s'en approcha et le saisit avec d'infinies précautions, tremblant de tous ses membres qu'il ne lui arrivât quelque désagrément. Mais rien ne se produisit. Cependant, en jetant les yeux dans la pièce voisine, il vit des objets splendides et des choses si belles qu'il voulut y pénétrer. C'est alors qu'il entendit le roucoulement du ramier, comme si celui-ci voulait l'avertir qu'il ne devait à aucun prix demeurer plus longtemps en ce lieu maudit.

Il s'élança hors du manoir, traversa la cour à toute vitesse et se retrouva au-delà des murailles. Alors, serrant contre lui son précieux butin, il s'agenouilla, pleurant de joie et remerciant Dieu de lui avoir permis de triompher. Quand il releva la tête, il vit que les murs, les tourelles et le manoir avaient disparu. Il n'y avait plus qu'un tas de cendres fumantes à l'endroit où le dragon avait brûlé.

C'est le ramier bleu qui l'aida à retrouver son chemin pour sortir de la forêt. Le pigeon bleu voleta trois ou quatre fois autour de lui en roucoulant et en battant des ailes, puis il s'éleva dans le ciel et disparut à travers les nuages. Alanig se reconnut bien : la maison de Rozenn était devant lui. Sans perdre un seul instant, il alla frapper à la porte du vieil avare. Celui-ci ouvrit sa porte d'un air maussade, se préparant à chasser l'importun qui venait ainsi les déranger, mais quand il aperçut ce que portait Alanig dans ses mains, il en tomba presque de saisissement.

— Voici ce que tu demandais pour donner ta fille en mariage, lui dit Alanig. Le Bassin d'Or est à toi, mais tiens ta promesse et donne-moi ta fille.

Youenn le Riche n'hésita pas un seul instant : il se saisit du Bassin d'Or que lui tendait le jeune homme.

— Prends ma fille et épouse-la ! Je ne reviendrai pas sur ce que j'ai dit.

C'est ainsi que l'orphelin Alanig épousa Rozenn, la fille d'Youenn le Riche. Il y eut de fort belles noces qui durèrent trois jours. On y chanta et on y dansa, et on y but beaucoup de cidre. Mais Youenn eut beau jeter dans le Bassin des pièces de toutes sortes, jamais elles ne se transformèrent en pièces d'or. Et, tellement il en fut contrarié qu'il mourut de dépit et de chagrin, laissant toute sa fortune d'avare à sa fille et à son gendre.

Rumengol (Finistère).

Job et le géant

Job était un pauvre fermier des environs de Scrignac.
Il travaillait dur et gagnait péniblement sa vie et celle de sa femme.
Il cultivait surtout le chanvre.
Or, dans les souterrains d'une forêt voisine, il y avait, en ce temps-là, un géant qui, lorsqu'il sortait, ravageait et pillait tout ce qu'il trouvait. Une nuit, le Géant passa sur les terres de Job et lui enleva tout le chanvre qu'il comptait rentrer à la maison le matin même. Toute sa récolte disparue, le pauvre homme était ruiné. Il se dit que cela ne pouvait être ainsi.
C'est pourquoi, le lendemain, en dépit des larmes de sa femme qui voulait absolument le retenir, il se mit en route de bonne heure.
Il voulait aller trouver le Géant et lui redemander son chanvre.
Le temps était chaud, et Job eut soif. Il entra dans la chaumière d'une vieille femme qui lui donna de l'eau à boire.
— Où vas-tu ? lui demanda la vieille femme.
— Ah ! ma tante, répondit Job, je vais chez le Géant qui m'a volé mon chanvre afin de le lui réclamer.
— Pauvre homme ! Tu ne sais pas à quoi tu t'exposes. C'est sûr, le Géant te mangera.
— Eh non, dit Job, il ne me mangera pas car je n'ai pas peur de lui.

— Tiens, lui dit la vieille, puisque tu veux absolument y aller, prends ces ciseaux : quand tu verras le Géant, tu remueras les ciseaux devant lui pour qu'il les voie, et tu ne manqueras pas de lui dire : « Je coupe de la toile, je peux couper le Diable, et toi aussi si tu ne me donnes pas satisfaction ! »

Job s'en alla, réconforté et désaltéré. Il marcha encore longtemps. À la fin, il arriva dans le bois et chercha la demeure du Géant. Il vit une porte qui avait été construite dans le rocher. Il frappa et une femme vint lui ouvrir, qui lui dit :

— Malheureux imprudent ! C'est ici la demeure du Géant. Il n'est pas là pour l'instant, mais il va bientôt rentrer, prends bien garde qu'il ne te mange !

— Je le sais, dit Job.

— Mais pourquoi es-tu venu ici ?

— Ah ! madame, le Géant m'a pris mon chanvre et je veux qu'il me le rende ou qu'il me dédommage.

— Bon, dit la femme. En attendant, cache-toi sous le lit.

À peine était-il caché sous le lit que le Géant entra. Il renifla très fort et fronça les sourcils.

— Je sens de la chair fraîche ici, dit-il.

— Non, lui dit la femme, ce sont nos enfants.

— Bien, alors, dit le Géant.

Et il s'en alla s'asseoir près du feu. C'est alors que Job sortit de dessous le lit. Il se plaça devant le Géant, fit remuer ses ciseaux et dit :
— Je coupe de la toile, je peux couper le Diable, et toi aussi si tu ne me rends pas mon chanvre.
Le Géant eut peur, parce qu'il croyait que les ciseaux avaient un pouvoir magique. Il ouvrit un tiroir et prit une toupie. Puis il dit à Job :
— Je n'ai plus ton chanvre, mais je vais te faire un cadeau. Chaque fois que tu voudras manger, tu n'auras qu'à dire ces mots à la toupie : « Toupie, fais ta journée. » Alors tu n'auras à t'inquiéter de rien et il te viendra un grand festin.

Job s'en alla tout heureux avec sa toupie. En route, comme il avait faim, il dit à la toupie de faire sa journée. Aussitôt, les mets les plus rares et les plus délicats s'étalèrent devant lui : il y eut du poulet, du faisan, du rôti, du vin, des liqueurs et bien d'autres bonnes choses. Quand il eut mangé et bu assez, il repartit. Et tous ceux qui passaient par là mangeaient et buvaient.
La nuit venait et Job était fatigué. Job entra dans une auberge et demanda une chambre pour dormir.
— Volontiers, lui répondit-on.
Avant d'aller se coucher, Job confia sa toupie à l'aubergiste et lui dit :
— Surtout, ne t'avise pas de dire à la toupie de faire sa journée.
— Non, non, sois sans crainte, répondit l'aubergiste.
Job monta se coucher. Mais pendant le reste de la soirée, l'aubergiste se demanda ce que Job avait bien voulu dire. Ne pas dire à une toupie de faire sa journée, qu'est-ce que cela pouvait signifier ? À la fin, poussé par la curiosité, il prit la toupie et dit :
— Toupie, fais ta journée !
Aussitôt la table se trouva chargée des mets les plus fins et les plus savoureux. Et il y en avait ! L'aubergiste n'en revenait pas. Ce soir-là, d'après les gens qui se trouvaient là, il y eut un grand festin où l'on mangea et but abondamment. Quant à l'aubergiste, il décida de garder la toupie pour lui et s'arrangea pour donner à Job une autre toupie qui lui ressemblait.

Job partit le lendemain matin, sans s'apercevoir qu'on lui avait changé sa toupie. Il arriva dans sa maison et dit à sa femme :
— Maintenant, on n'a plus besoin de travailler. J'ai un trésor.
— Quoi ? se récria la femme, une toupie ? Si c'est tout ce que tu as, ce n'était pas la peine d'aller si loin pour une si petite chose.
— Attends un peu, dit Job.
Il mit la toupie sur la table et dit :
— Toupie, fais ta journée !
Mais, à sa grande stupéfaction, la table resta vide. Fuyant la colère de sa femme, Job sortit de la maison. Il se dit que le Géant lui avait joué un mauvais tour mais que cela ne se passerait pas comme cela. Il reprit le chemin de la demeure du Géant.
À un carrefour de trois routes, il rencontra le Diable qui lui dit :
— Job, si tu veux, je te donnerai ma fille en mariage. Elle est jolie et en plus il ne te manquera rien.
Job était bon chrétien. Il ne voulait pas aller en enfer à la fin de sa vie. Aussi il envoya au Diable une telle volée de coups de trique que celui-ci s'enfuit en se frottant les fesses.
Enfin Job arriva chez le Géant. Il leva sa trique et voulut le frapper comme il avait fait au Diable. Le Géant lui demanda ce qu'il lui prenait. Job répondit :
— Vous m'avez trompé. Cette toupie est une toupie ordinaire.

Le Géant prit la toupie et l'examina attentivement
sans rien dire. Il alla chercher une faucille et la tendit à Job.
— Tiens, dit-il, prends cette faucille à la place. Chaque fois
que tu diras à la faucille ces paroles : « Coupe, coupe et
coupe encore », il te viendra un écu au bout de ta langue.
Pendant le chemin du retour, Job dit à sa faucille :
— Coupe, coupe et coupe encore !
Effectivement, il sentit qu'il avait un écu au bout
de sa langue. Il répéta les paroles si souvent qu'il ne
pouvait plus rien mettre dans ses poches. Alors, il pensa
à la vieille femme qui lui avait donné les ciseaux.
Il alla chez elle, entra dans la maison et la récompensa
du service qu'elle lui avait rendu.

Cependant, la nuit le surprit de nouveau et il entra dans la même auberge que lors de son premier voyage. Avant de monter se coucher, il confia sa faucille à l'aubergiste.
— Surtout, dit-il, ne t'avise pas de dire à la faucille : « Coupe, coupe et coupe encore. »
— Non, non, répondit l'aubergiste, sois sans crainte.
Mais dès que Job fut endormi, l'aubergiste ne put résister à sa curiosité. Il pensait bien que la faucille était un objet magique comme la toupie. Il dit à la faucille :
— Coupe, coupe et coupe encore !
Aussitôt, il sentit que sa langue était plus lourde que d'habitude et quelle ne fut pas sa surprise en voyant tomber un écu d'or à terre. Il garda la faucille, bien entendu, et remit à Job une autre faucille qui lui ressemblait.
Le lendemain, après avoir bien mangé, Job repartit sans s'apercevoir qu'on lui avait changé sa faucille. Une fois arrivé à la maison, il dit à sa femme :
— Maintenant, prépare une grande caisse pour mettre tout l'argent que je vais tirer de ma bouche.
La femme alla chercher un grand coffre de bois.
Alors Job dit à la faucille :
— Coupe, coupe et coupe encore !
Mais il avait beau ouvrir la bouche et répéter ces paroles, rien ne venait au bout de sa langue. La femme de Job lui fit une scène abominable. Heureusement, il lui restait de l'argent dans les poches pour acheter de la viande et du pain.

Le lendemain matin, de bonne heure, Job partit en direction de la demeure du Géant. Cette fois, il était bien décidé à se venger des affronts qu'il venait de subir. Il avait emmené son grand bâton afin de donner au Géant une correction dont il se souviendrait. À un carrefour de trois routes, il rencontra encore le Diable. Cette fois, celui-ci n'était pas seul : il avait avec lui une quinzaine de personnages qui lui ressemblaient. Le Diable dit à Job :

— As-tu bien réfléchi ? Veux-tu te marier avec ma fille, oui ou non ?

— Non ! répondit Job.

— Alors, dit le Diable à ses compagnons, emportez-moi ce maudit chrétien et qu'on le fasse bien souffrir.

Mais Job était plus dur que cela. Il n'avait pas l'intention de se laisser faire. Il prit son grand bâton et leur administra à tous une correction dont ils doivent se souvenir s'ils vivent encore.

Enfin, il arriva à la demeure du Géant. Il entra et le trouva assis au coin du feu. Très en colère, Job lui dit :
— Tu te moques de moi parce que tu es le plus fort, ou du moins le crois-tu ! De deux choses l'une : ou tu me rends mon chanvre, ou je te fends le crâne !
Le Géant lui répondit :
— Je ne vois pas ce que tu as à me reprocher. Je t'ai dédommagé pour ton chanvre et ce n'est pas ma faute s'il t'est arrivé des ennuis. Néanmoins, je veux te prouver ma bonne volonté. Voici un bâton qui te rendra service, je t'assure. Quand tu voudras t'en servir, tu n'auras qu'à dire : « Allons, bâton, au travail ! »
Job se dit que peut-être le Géant avait raison. Il le remercia et s'en alla. Sur le chemin, il dit au bâton :
— Allons, bâton, au travail !

Et voilà que le bâton se mit à lui administrer une volée de coups. Et il frappait, frappait toujours plus fort, et Job ne savait comment s'en débarrasser. Heureusement pour lui, le Géant arrivait dans les bois pour chasser. Il vit Job en mauvaise posture. Il s'approcha et lui dit :
— J'avais oublié de te dire que, pour l'arrêter, il suffisait de dire : « Hô là, hô ! »
— Hô là, hô ! dit alors Job.
Et le bâton s'arrêta immédiatement. Job remercia le Géant et reprit son chemin.
Comme les deux autres fois, il alla passer la nuit dans la même auberge, mais ce soir-là, il monta se coucher sans souper. Il avait prévenu l'aubergiste qu'il ne fallait pas dire à son bâton de faire son travail.
Bien entendu, dès que Job fut couché, l'aubergiste n'eut qu'une idée en tête, essayer le bâton. Il dit :
— Allons, bâton, au travail !
Aussitôt le bâton commença à envoyer des coups et des coups. L'aubergiste, qui était l'un des hommes les plus forts de la contrée, essaya de l'arrêter, mais il en eut le poignet meurtri. Le bâton cassait tout, les meubles, les bouteilles, les assiettes.
Job entendit un bruit épouvantable et se leva pour aller voir ce qui se passait. Quand il vit son bâton au travail, il comprit tout de suite que c'était l'aubergiste qui lui avait volé sa toupie et sa faucille. Le bâton redoublait de coups. Tout le monde criait dans la maison. Quand l'aubergiste se cachait parmi les meubles brisés, le bâton le suivait et le dénichait. L'aubergiste vit enfin Job qui riait franchement.

— Job ! Fais arrêter ton bâton, je t'en supplie !
— À une condition, dit Job, que tu me rendes ma toupie et ma faucille.
— Je te le promets, dit l'aubergiste.
Alors Joseph fit arrêter son bâton et l'aubergiste, les vêtements déchirés et les membres rompus, lui rendit sa toupie et sa faucille. Et Job s'en alla tout joyeux.
Arrivé à la maison, au grand étonnement de sa femme, il commença par remplir une caisse d'or et par faire un vrai festin. Si, par la suite, quelqu'un venait lui chercher querelle, il le faisait battre par son bâton.
Il devint très riche.
Or, un soir, des voleurs qui demeuraient dans la forêt voisine entendirent parler de ses richesses.

Ils furent une centaine à venir pour essayer de le voler. Mais au moment où ils allaient entrer dans la maison, Joseph dit à son bâton :

— Allons, bâton, au travail !

Et aussitôt le bâton se mit au travail. Les voleurs reçurent une correction comme jamais ils n'en avaient eu. La plupart eurent les membres brisés. Ils partirent et se gardèrent bien de revenir à la maison de Job. Job, depuis ce temps, est heureux. Avec sa famille, il vit dans un beau château. Il a eu huit enfants. Voilà l'histoire de Job et du Géant.

Scrignac (Finistère).

Le Taureau bleu

Il était une fois, au village de Saint-Léry, près de Mauron, une petite fille nommée Yzole. Yzole était bien malheureuse, car elle avait perdu très tôt sa mère, et son père s'était remarié avec une vilaine femme qui la détestait et lui causait beaucoup de tourments. La soupe n'était-elle pas cuite, le lait n'était-il pas écrémé, le pain n'était-il pas levé ? C'était invariablement la faute d'Yzole.
Le père, homme bon, mais faible et sans jugement, croyait tout ce que sa femme lui racontait. Et Yzole recevait quelques gifles avant d'aller se coucher dans l'étable, sans souper.
C'était en effet dans l'étable qu'Yzole dormait, sur la paille, en compagnie des bêtes. Mais Yzole ne s'en plaignait pas, car son seul ami était un taureau bleu, grand et fort, très vieux déjà. Chaque fois que la petite fille arrivait en pleurant et se jetait sur la paille, le taureau bleu se penchait sur elle.

Elle sentait son souffle chaud sécher ses larmes et elle entendait le taureau bleu lui murmurer :
— Yzole ! Yzole ! Ne pleure pas. Regarde plutôt dans mon oreille, tu y trouveras du pain beurré.
Et la petite fille regardait dans l'oreille du taureau bleu.
Et dans l'oreille du taureau bleu, il y avait toujours une tartine de pain beurré. Yzole dévorait le pain, remerciait le taureau bleu, lui caressait son échine soyeuse, et puis s'endormait, les bras serrés autour du cou de l'animal.
Or, un jour, tandis qu'elle lavait le linge dans le ruisseau, derrière la ferme, Yzole entendit sa marâtre qui discutait avec un voisin.
Pendant la discussion, Yzole entendit ces mots :
— Demain matin, nous tuerons le taureau bleu.
Il est maintenant trop vieux et bon à rien.
Yzole lâcha le linge qu'elle tenait, tant elle fut terrifiée par ce qu'elle venait d'entendre. On allait tuer le taureau bleu, son seul ami... Des larmes coulèrent le long de ses joues. Mais elle se ressaisit : il fallait faire quelque chose. Elle se faufila dans l'étable en prenant grand soin de n'être point vue. Le taureau bleu était là ; couché sur la paille mêlée d'ajoncs et de fougères. Il ruminait paisiblement.
— Taureau bleu ! Mon taureau bleu ! s'écria la petite fille.
On veut te tuer demain matin, car on trouve que tu n'es plus bon à rien !
Le taureau bleu continua à ruminer.
— Taureau bleu ! Mon taureau bleu ! s'écria encore Yzole.
Il nous faut partir. Je te sauverai, je t'emmènerai et nous irons bien loin !
Le taureau bleu lui répondit :
— Oui, nous partirons, mais tout à l'heure, quand tu nous auras menés en champ.
Ne t'inquiète pas et ne pleure pas.

La petite fille revint à son linge, mais ce fut sans entrain qu'elle reprit son travail. Enfin le moment arriva où elle devait conduire les bêtes en champ.
Yzole rassembla son troupeau et se dirigea vers le grand pré, en bordure de la Doueff. Là, elle fit sortir le taureau bleu dans un chemin creux, abandonnant les vaches qui broutaient et qui ne s'étaient aperçues de rien.
Mais où aller ? Vers Mauron ? Ce n'était pas possible, on les retrouverait tout de suite. Vers Gaël ?
Yzole ne connaissait pas le chemin. Vers Concoret ?
Là aussi, on les retrouverait sûrement. Il ne restait plus que la forêt, au sud mais Yzole avait peur de la forêt.
On racontait tant de choses sur cette forêt et sur ce qui s'y passait.

— Ne t'inquiète pas, dit le taureau bleu. Allons vers la forêt et je te protégerai.

Ils partirent par les chemins creux et les prairies, franchissant des haies d'aubépines et d'ajoncs.

Ils arrivèrent au Haligan sans rencontrer personne et évitèrent les maisons du hameau. Puis ils pénétrèrent dans la forêt par une lande parsemée de pins, où chantaient de beaux oiseaux. Au bout de la lande, il y avait un bois touffu et un petit sentier qui s'engageait à travers les arbres. Et tous les arbres avaient des feuilles en cuivre.

— Prends garde, dit le taureau bleu. Ne touche pas ces feuilles, car si l'une d'elles vient à tomber, il nous arrivera malheur.

La petite fille suivit le taureau bleu dans l'étroit sentier. Il faisait très sombre.

On n'entendait ni chants d'oiseaux, ni bourdonnements d'insectes. Yzole fit bien attention de ne pas frôler les branches, et tous deux sortirent du bois sans encombre.

— Je suis fatiguée, murmura la petite fille.
— Viens sur mon dos, dit le taureau bleu.
La petite fille monta sur le dos du taureau bleu.
Ils continuèrent leur route à travers les landes de Lambrun.
Ils passèrent devant la fontaine de Barenton
et s'arrêtèrent un instant pour boire l'eau qui sourdait
sous le perron de granit.
Le soir tombait et une lumière très rouge irisait les arbres
tout autour. Les oiseaux chantaient follement pour saluer
Yzole et son ami le taureau bleu.

Ils arrivèrent ensuite devant un bois profond dans lequel s'ouvrait un sentier très étroit et tortueux. Les arbres avaient des feuilles d'argent qui scintillaient sous les derniers rayons du jour.

— Prends garde de ne toucher aucune de ces feuilles, car si l'une d'elles venait à tomber, il nous arriverait malheur.

Ils traversèrent le bois sans encombre, mais au dernier
arbre, la petite fille, tout heureuse de se retrouver
dans un large espace, heurta l'une des feuilles d'argent
qui tomba sur le sol. Aussitôt, des bruits étranges se firent
entendre au fond des taillis et d'affreuses bêtes velues
comme des araignées surgirent.
— Ecarte-toi ! dit le taureau bleu.
Et, de ses sabots, il martela longtemps le sol jusqu'à
ce qu'il eût écrasé toutes ces vilaines bêtes.
— Mon pauvre taureau bleu, dit Yzole, tu dois être bien
fatigué. Et tout cela est de ma faute.
— Ce n'est rien, dit le taureau bleu. Continuons notre route.
Ils repartirent dans le crépuscule. La lune se levait déjà.
Ils dépassèrent Pertuis-Nanti et les maisons de Fermu,
toutes closes et silencieuses. Sous les éclats froids
de la lune, au fond d'un ravin, ils virent un bois
avec un petit sentier, et les arbres de ce bois avaient
des feuilles en or, ruisselantes de lumière.
— Prends garde, dit le taureau bleu. Ne touche pas
à ces feuilles, sinon il nous arrivera malheur.

Ils s'engagèrent sur le sentier. Au-dessus d'eux, une voûte merveilleuse jetait des feux de toutes les couleurs. La petite fille était si émerveillée qu'au sortir du bois, elle ne put résister à l'envie de toucher à l'une de ces feuilles. Mais la feuille tomba sur le sol avec un bruit sourd. À ce bruit, dans les entrailles du bois, répondirent des rugissements, et trois ou quatre lions surgirent de chaque côté du sentier.
Yzole poussa un cri de terreur, mais déjà le taureau bleu fonçait, cornes en avant. Il abattit un lion, puis deux, puis trois.
Toute la forêt retentissait des hurlements des lions frappés à mort.

Cependant, le quatrième lion fut le plus difficile à vaincre, et ce ne fut que bien longtemps après que le taureau bleu put pousser un mugissement de triomphe.
Mais dans quel état était-il ! Ruisselant de sang, la respiration haletante, il avait reçu tant de coups et de morsures qu'il était à bout de forces. Il s'effondra aux pieds de la petite fille.
— Taureau bleu ! Mon taureau bleu ! s'écria Yzole, qu'allons-nous devenir ?
Le taureau bleu leva sa tête vers Yzole et murmura doucement, très doucement, en la regardant de ses yeux tristes :
— Ce n'est rien, ce n'est rien, je vais seulement mourir.
Yzole éclata en sanglots et mit ses bras autour du cou du taureau bleu.
— Mais je ne veux pas que tu meures, mon taureau bleu ! dit-elle.
— Ne t'inquiète pas, dit le taureau bleu. Tous tes ennuis sont terminés. Tu mettras sur moi de la terre et des pierres bleues comme on en trouve dans la forêt, et tu te souviendras de l'endroit où nous sommes. Chaque fois que tu auras besoin de quelque chose, tu viendras ici sur ma tombe, et tu me le demanderas. Et tout ce que tu demanderas, je te le donnerai. N'aie pas peur, petite fille, toi qui m'as donné ton amitié. Reviens ici chaque fois que tu auras besoin de moi…
L'étoile du Berger était basse à l'horizon quand mourut le taureau bleu.
La petite fille en larmes mit de la terre et des pierres bleues sur le pauvre taureau bleu, à la sortie du ravin où les arbres avaient des feuilles d'or. L'aube pointait de l'autre côté de la forêt, très blanche. La petite fille reprit son chemin, le cœur bien gros, son chemin qui menait vers la vallée.

On raconte qu'Yzole fut recueillie par un fermier du bourg de Tréhorenteuc. Il était pauvre, mais il avait bon cœur. Et du jour où il recueillit la petite fille, rien ne lui manqua, ni vêtement, ni vaisselle, ni moissons, et il devint le plus riche de tout le pays, et il aima Yzole comme si c'était sa propre fille, et Yzole l'aima comme si c'était son père.

Mais certains disent que les nuits de pleine lune, ceux qui reviennent de la forêt, la hache sur l'épaule, aperçoivent parfois une petite fille à genoux près d'un monticule de pierres bleues, à l'orée d'un bois très sombre à l'intérieur duquel personne ne se risque jamais. Et cette petite fille murmure :

— Taureau bleu ! Mon taureau bleu !...

Tréhorenteuc (Morbihan).

Le Bassin d'or 6

Éditeur : Matthieu Biberon
Coordination éditoriale : Lise Corlay
Mise en page :
studio graphique des Éditions Ouest-France
Photogravure : graph&ti, Cesson-Sévigné (35)
Impression : SEPEC, Péronnas (01) - 08315161209

Édilarge SA, Rennes
I.S.B.N. : 978-2-7373-6969-8
N° d'éditeur : 8073.02.01.02.17
Dépôt légal : janvier 2016
Imprimé en France.

www.editionsouestfrance.fr